ひとがた彷徨

こたき こなみ

思潮社

ひとがた彷徨

こたき　こなみ

思潮社

ひとがた彷徨

こたき こなみ

目次

I

Ⅱ

装幀＝思潮社装幀室

I

胎冥／新生

始めに血をあびた
身を裂いて　だれかが道を通してくれた
やわらかな母型に沿って育った
育ち上がった　なのに

何者の思惑か　生まれながらに身の内が
飛び地として借りられていて
冥界の入り口めいたそこは禁域　と教えられた

自分以上のものが潜んでいるようだった
血に守られている火の微粒なのか
遠い星の引力に呼ばれ　時に行き違いの傷口から洩れ

と　ある日何者かが地権者のふりで踏み込む
気付けば　舞い昇る大きな怪鳥の爪に摑み込まれ
下界を見下ろす恐ろしさ　振り落とされまいとしがみつく
火喰鳥の継ぐ火影伸び
さまざまに彩どられた雲の模様に迷い
燃え落ちる夕陽に目眩き
雲間から耀う水の粒子に分光した
乱気流に我が身は我が身を抜け
自分以上のものに新生を遂げるらしかった

何者の思惑か
鳥獣のように無心でないヒトは　こんな面妖をおそれ
いやでも知を研がずにはいられなかったのだ
呪詛に似て祈念　苦患に似て愉楽の
生命のブラックボックスを解明せずにはいられなかった

胎冥のなか奪われ与え奪い与えられ
我知らず横滑りに包まれる愛
あやうく横流しにくる死

このようにして私は生《な》された　私も生《な》した

血のさやぎ遠く息の残り細い日々　今更に母を覚える

閉ざされても光は生まれ出で

平野充個展に触発されて

見えるものは描かなくてよい* と画家は言う
　だからイメージですらない
未だ像《かたち》にならぬもの　自らの像を知らぬもの
未生以前の　名付けられぬもの　を知る人なのだ

膨張し続ける無限の空無から何を求めてか
ひとひらの炎もないのに
どこか遠い星の胎内から

生まれ出ようとする光は何の意志か
この星にはとどかぬ
有と無のせめぎあう陣痛の溜め息
幾度も消えたにちがいない
消えても消えても発生したにちがいない
幾度生まれ損なっても生まれ直したにちがいない

末期を迎えた恒星が数千倍もの光を放ち砕け散る
ありたけの輝きで爆裂して終焉
固く光を閉じ込め宇宙の墓穴になるとは……
それでいて何の意志だろう　熱い物体のように光り
小さいものほど明るく光るので検出しやすいという**

遠く離れたこの惑星では

あらゆる生き物　の死に殻が塵となっては発熱し
おずおずと明かりを呼ぶのだ
盲いの神の目の奥に閉じ込めた
かすかに一瞬ゆらいでは燃え料《しろ》なく絶える炎としても
人は何故発生したのか
人は時の容器
茫漠として地表を覆う計り知れぬ時間のために
地球は人をつくったのか
人の血で養った肉質の時間が必要だったか
身体の運行に息で温まった凬が通い
植物のかすかな発芽熱さえ求めた

一人の画家の目の奥を果てしなく
光波の水沫が寄せて　絵筆を休ませない

創世のころの　光生《あ》れ　という叫びに
彼もまた震撼したものにちがいない

＊平野氏談
＊＊『ホーキング、宇宙を語る』一九八九年早川書房刊

舟形光背

海原の涯に小舟が一艘揺れている
積み荷なく　無人
子どもの頃見た劇画のひとこま
その小舟のたとえようもない寂しさだけが今も胸に残る
半世紀もの歳月を経て今　私の胸奥の絵には
人が一人横たわり
生きているのか死んでいるのか
捨てられたのか自らを捨てたのか

付近を航行する舟影にも気付かれなかった

目を凝らせば舟には　人の遺した白い骨組みだけ
あれは私の抜け跡の芯だ
いのちの終わりにあのように漕ぎ出し
いつか　潮目のまにまに　たゆとう小舟
しばらくは　澄んだ水に
沈むでもなく漂って　やがては視界から没する至福
　願うは　まだ地球が丸くなかったころの海の涯
絶壁から激しい瀑布となって世が終わる太古だったらよい
あらゆるものを抱えて　なだれ落ち
その涯の涯の遠い底なしだったなら　なおよい
流出原油やらプラスチック塵芥《ごみ》がない青海だったら
いっそうの冥福……

唐草光背

ここではないのだった
あてもなく　触手を延べ
風を捉えて虚空の道をさぐる
憧れやまぬ聖像へと導管を昇ってくる情動
多くのためらいを繋ぎ合わせ
蔓を絡め合い行き場を失って振り返れば
小さな虫の羽音　花実の飾りもなさぬ葉に
寄る辺ない露玉がすべり葉脈から光がしたたり

植物の意志が息づく

いつの間にか葉裏に小さな虫卵が並び
虫穴に日射しが透ける
葉陰から羽化した一群れが舞い立つ
聖像の眼差しの空無へと
さらに大きな迷いへと放たれるか

秋深めば　生気散り
枯れ心地　聖像の影を安らえ
ぬくもる土のつかのま
茜色移ろい　時の巡りに組まれる
転生なろうか

水炎光背

眠る子どもは炉のように熱い
新米の火夫が懸命に焚いているのだ
まして病気のときはなおさら

昔　長病みの祖母が死んだ後　寝床を片付けたら
畳の下の板まで　人の形なりに腐っていた
あれほど涸れた体がかかえていた水分

かつて　空襲で死んだ隣人を
焼け跡で火葬にした人の話を聞いた
肺患で痩せ衰えた骸から
重く脂がしたたっては青い炎が立ったという
病魔の手をかいくぐって　たくわえた切ない贄《にえ》
我が身一つの始末分の燃料をそなえた人体

遠い日　どのような源から火と水の力が
私の肉裏に分けられたのか
老いて死に近い母人の
身の奥ふかい暗渠にかすかな水音

生まれてこのかたの情景が沈み
終の息も凮に散り

ずり落ちるいのちを結わえるように
囲う私の両手から　素早く
忘れ残りの影たちも抜けた

ああ　しかし
宇宙のどこかに火種があって
魂の微粒にもう一度点火してはくれないでしょうか

いつの日か　私の抜け殻も火を背負うとき
それは万が一にも戦人《いくさびと》の仕掛ける魔炎ではなく
真っさらな浄火でありますよう　くれぐれも願わしく

鋏の旅路

つかむと見せて　切り離す
胸のうちの　薄紙を跳び
鋏《はさみ》はコトバだった
心さだまらぬ輪郭に決着をつけ
時を措かず日を待たず

カーブに直線に
時にはデリケートな截り絵を飾り出し

花柄の布地を裁ち
コトバたちは一巻の書物をなすだろう
独走する鋏の爽やかさ
鋼《はがね》の冷たさは美を呼んだ

ここは何の磁場なのか
知らぬ間に引き寄せられてきた

行きずりのナイフ氏がひやかす
ハサ美ちゃんには暗殺指令が来ないの

厚紙の枯れ藪につまずき
白紙の薄氷に滑るコトバの孤立
鋏は後戻りができない

うっかり切った野花の露か
いつのまにか錆が浮き出て恥ずかしい
理由もわからず　もどかしく口ごもる
鋏で空気は切れない
コトバより強いのは空気

過去から未来へと行き暮れ　現在地のほつれ
鋼族のよしみに
　殺し屋ナイフ氏への指令は取り消しとなるよう
　遠くからの磁力に　ハサ美ちゃんは祈る

先はギザギザな地平
しどろもどろに　抜けられますか

地球のカーブのまま　辿れば
もとの居場所へ着けますか

Ⅱ

星狩

はるばると訪ねて来た人と丘にのぼる
むかしの姿のままの何と軽やかな足取り
折から日暮れて　ちぎれ雲の間から星がのぞく
奇妙な星だった
ガラス玉が空に浮いているのだった
若い時気に入っていた首飾りの
糸が切れて飛び散った玉　おどろいて眺めていると
その人は病院から抜け出てきたという

見ると裸足だった
長居もならず手を取って藪陰を降りる
病む人とは思えぬ速さで姿を消した

ガラス玉など長くは空にとどまれない
空の裏側に小さな軌道を手に入れて
星屑とかになれないものか
ガラスの砕けた音がして夢から覚めた
幾十年も逢うことはなかった人よ
同じ食卓に向き合うこともなく
それぞれの時間に踏み込むこともなく
別々に年を経たけれど
もしかして私も我知らず
あなたの夢にまぎれ入ることがあったでしょうか

そのときはきっと不意のことゆえ
身の置きどころなく　夢から抜け出ようとして
糸のよわっていた首飾りが千切れたのは
引き止めようとしてあなたが手繰ったから
そう思いたいけれど
どうせ夢なら　散った玉を拾い集めて
銀河にこぼせばいい
天穹の裏小路で流れを渡って
星粒をすなどってしまうと
もう行ったきりになりそうで
古代の伝説のように
どこかへ帰っていく人の衣の裾に付ける長い糸もなく

あの時たずさえた腕の感触がまだ消えず

するとまだ　人は地上につながって在り
この時間の内縁に抱えられていて
藪坂の棘草など踏まず
白いベッドに戻れることを今はただ願い
明け方の薄闇のなかで目をひらいている

秋雨前線

ひと一人の領土には地底湖があって
秘密は皆　そこに沈めるのだ
愛する者が折にふれては掬い取って
知らず知らず水位を調節している
人が誰かを愛してしまうのはきっとそのせいだ

病むと聞いて　見知らぬ町にひとを訪ねる
家は無人で廂も重く瞼を閉じ

もう誰も帰って来ない家のように見えた
どこか私の知らない建物の中で
ひっそり影をたたんで痛みに耐えているのだろうか
塀越しの金木犀の香りを汲み
あのひとの呼吸が風に溶けた小径
とぎれるところまで踏み迷ってみたいのだった

雨が降ってきた
髪といわず肩といわず水分が毛穴から沁みて血をうすめる
雨の日はとりわけ痛む　と聞いていた
いまだに世にあるのが不思議というのが口癖だった

知っているのは　ほとんど名前だけ
でも　せめてこれで記憶の索引ができる

人は不思議を残してはいなくなる
後の者には年とともに解けない謎がふえる
人の地殻が年月とともに変動して　地底湖の水がぬける
もう人の調節の力は及ばない

たがいに秘密を揶おうとはしなかった
意識の奥の咎など知らない

やってきたバスに飛び乗り
座席にめぐまれて眠りこむ
夢うつつに　暗い車庫に取り残され
うろうろと電話をかけている
番号もあいまいな　コール
突然　深い暗渠を這うような

くぐもった声が内耳をのぼってくる
影の身じろぎから　もれる声　雨音がまじって
ああ　まだ　ここと地続きに在る

風媒フレグランス

晩夏《おそなつ》の日暮れ　はるかな野をゆく男
見えない美をもとめる調香師である
気体となっては失われる美をつくりだす者を
花も樹も獣もひめやかな分泌で迎え
野は息吹きにみちる

人の抱える闇から抜け出る匂いさえ
まだだれも知らない妙香に変わる

時折　初物の創出が風に届けられて
受粉を終えた花のように
私はゆらぐのだった

つねに空間にさえぎられる
あやうい影も実在なのだ

いつからか便りは途絶えた
あの人は何者だったたか

追憶もいつのまにか裏返り
情感をつき詰めると死の域に踏み込んでしまう

体温を知らないのに
何故か肌表をすべる気体の感触
ならば
花野は倒れ伏すものを隠し
まつわる香りに死臭は紛れ
なきがらは錯視でありますように

やがて　枯れ野いちめん
雪のシートに閉ざされ
やはり
どこまでも未知の人　調香師　詩人よ

冥婚

遠いあの人の訃音が伝えられた
死んだふりが得意な人だったから　まやかしに違いない

肩先がふれることもなく
持ち重りの荷が往来することもなく　でも
若いとき手紙を書き送ったことがありました
心みだれるまま自分でも訳が分からない文面だったから
読むなり便箋は丸められ　それきり忘れられたようです

押し花ひとひらほどの古い記憶をたどり
知らない町で迷い　街灯もない夜道
空を細く裂いて月が覗き

一軒の大きな家の窓から灯りがもれ
人々が穏やかに談笑している様子が見えて
道を尋ねようとしたら戸は開きません

ふと背後に何かの気配　ふりむくと
影絵芝居のシルエットみたいな影がゆらぎ
その波動が近づいてくるのです
わたしは声もなく立ちつくす
影身は薄いからだを丸めて自らを抛ってきたのです
軽い礫なのに　わたしの芯部深く　鋭い痛みがつらぬき

なにものかが入れ替わり激しく冥合する美感
脳天の裏　オーロラ光がうねった

こんな妖夢は　やはりもう亡きものゆえの力なのか
果てた筈の力に生き身のわたしは
夢返しの作法を知らぬまま　肌裏に
空ろ孕みの水分

あのやわらかな灯火の家は次の世へ旅立つ人々の仮の宿だったか
やがて光の波間に向かうあの人も安らぎの扉に迎え入れられ

追悼の庭　用意された白い一輪を供える
好きな花の名さえ知ることのなかった
あさはかな年月を拾いようもなく

ガラス瓶の放心

からっぽですって
いいえ　あまり懸命に　空の吐息を抱きとめたので
いっしょに透きとおってしまったのです

空の滴りを受けようと　天を仰いでいると
見知らぬ液体が流れ込み　うずくまる澱み
身のうちの渕の深さに気付いたのです

遠く旅の空に虹
それを追って凍った湖面に亀裂がはしる
張り詰めた表皮を何者かが渡る跡

いつかの海辺　潮目を漂う瓶体が
誤嘶したか　書き付けの千切れ
波間に散った　その薄雪ほどのひとひらが
まだ底にひそむか　消えた言伝のうしろ影

天の雫はここまで届かないのだ　でも
靄の向こうの目差しが静かに見開きはしないか
もともと何かの身代わりだったのだろうか
隙をみて別のものに入れ替われるのだろうか

我知らず目眩して
わずかな風に揺すられ　ふいに体が傾くと
裂けめにそって砕けたのです

なめらかな表面に放恣のギザギザ
あとは　地表に空を映すおびただしい破片の乱反射

あ　さわらないで
うっかり拾うと手に血が出るよ

秋の声　黒陶の周辺

古物市の片隅の　闇溜りだった
土の眠りをひそめて花瓶は秋の女であった
無造作に紙袋に包まれて私の窓辺に運ばれた
庭の草むらから野の花を一摑み引きぬいて活けた
赤マンマ　エノコロ草などの穂がたわんだ
夜半　しじまをくぐり　素枯れた虫の声

野草に小さな虫がとまっていたのだ
季節を鳴きつくし息も消え消えにすり減らして

黒陶は土のつぶやきをほどく
木枯らしが吹く前にもういちど逢いたい
冬が過ぎたらもういちど生きたい

氷湖の沈黙　白磁のほとり

――加清純子さん*を偲ぶ

雪原を旅してきました
迷い路に視界がひらけ凍った湖面に出た
声かぎり呼ぶと
いちめんに貫入がはしり
氷の下に養われる生き物たちのゆらぎ

岸辺の冴えわたる雪に輪郭をゆだねる人影
どんな惑いの果てか

眠りの向こうを覗いてみたくなるのか
寂しさに養われるものを見たいのか
この世ならぬ清冽を身に移そうと
少女は雪に体温を閉じ込めて

今は仮の生　仮の死
雪がとけたらきっと目がさめる
もう一度生きなおす

＊かつてのベストセラー『挽歌』（原田康子）、『阿寒に果つ』（渡辺淳一）のモデルとなった天才少女画家

縄文土器工房

東村山市　縄文文化講座にて
「五千年、一万年もの昔に言葉はあったのでしょうか」
「モノではないので発掘によって証明できないけれど
危険を知らせるぐらいの伝達はできたでしょう」

声は火花　言葉はひとひらの炎　火となるには燃え料《しろ》がなければ
それはこころ　発火には面倒な技を使う　火は素手では摑めない
火種は意匠を凝らした壺に納め大事に灰で匿まう

声の奥にかくれた言葉は　心の熱に溶けるまで
溜め息も悲しみも止めどない

その向こうにあるもの　もっと遠く　さらに遥かな神には
ひたすらな祈りでも届かない
人の近くに呼べる火の神は
火焔の似姿にあやかる壺が気に入られ
安らいで　たいまつの燃えさしなども抱えられ
人は雪の日　手をかざして暖まり
人々の糧に炎をまわして口当たり良く空腹を癒す
もう火の大神は森を焼いたりはされないだろう

男たちが狩りに出かけた後　女たちは
とりわけ飾りをつくした容器をこしらえる

土と水を運びこみ丁寧に捏ね　形づけ
指先に願いを込めて　次々と新たな模様を飾りつけ
仕事場はいそがしい

ふと　近くの小屋から赤子の泣き声が聞こえてくる
先頃　子を亡くした女の胸乳がうるんで
乳がしたたり粘土に混じる
　いくにん生んだか　いくにん亡くしたか

嬰児の声は祈りだ
生まれる前　何者かに託された言伝て
それをうったえたくて声を限りに叫んでいるのだ

せっかくこの世に来たのに息も残さなかった死児のために

特別の器をつくろう　墓荒らしの獣から守られるよう*
作業の手を休めて女たちは皆同じことを思うのだった

*土器棺墓《どきかんぼ》

ひとがた彷徨

形代《かたしろ》

大昔　人型《ひとがた》に切り抜かれた白紙のひとひらだった
人の災いを撫で移されては川を流れた

今　わたしは何から出来ているのだろう
人のかたちをなぞったばかりに
モノであることを超えてしまった

美しい姿を得たばかりに
もうモノに戻れない
たましいの入れ物なのに
ふさわしいそれが見つからず
人の業《ごう》まで持たされてしまった
空っぽなのに無限の言葉をのみこんで
無力なほど神に近づいてしまった

神はいう　儚い人間をまた作ってしまった
人はいう　人を作れないからせめて人形を作った
人形師はいう　こんな空しいものをまた作ってしまった

わたしはここに居ていいのでしょうか
生きてはいないし死んでもいない

誰彼がいう　悪い人間が多すぎるから
せめて人形で罪無き者の水増しにしたい
幼女は思う　わたしはどこから来たのか
もう一人のわたしがどこかにいる

移入

幼女は人形店で　小さなかぐや姫ほどの着せ替えや
優美なフランス人形たちに見入った
生まれる前の世界が同じだったような
言葉の蕾がいっぱい詰まっているような

懐かしく息がかよいあうような
愛らしさが　こちらに移ってくるような
小さなもう一人のわたしを見つけたかった
いつも誰かの言いなりだった
いつも誰かに愛されたがり
それをやさしく分け遣るものがほしかった
ある日ふと身の内の声に呼ばれるまでは

生まれてまだ数年　これから使える時間をたっぷり抱えながら
あやうく死に狙われる幼女が人形と眠る
—お人形にはお医者さんがいないから風邪を引くと大変なの
朝の目覚め　寝床のぬくもりに人形をくるみなおす
—お人形はひとりぼっちで貰われてきたから　とても寂しいの

古代の帝王だって寂しくて一人では死ねなかった
あまたの妃や兵たち　その身代わりの俑《よう》を侍らせた
生き身より佳きものを拵えた人形師を称えよ

消散

ある日年上の子はいう
お人形は死にそうになったら首を絞められるの
仲良しのその子はやがて病気で死んだ
焼き場へ運ばれるなんて可哀相で泣いた
気に入りの人形もお棺の中に　いっしょに天国へ行く
戦争のニュースに子供の耳も怯えた

学校も辺りの空気も険しく胸につかえた
電灯も禁じられ　光る物は人魂に違いなかった
雛人形も空襲で燃えたと聞く　でも大人は平気に見えた
子供も顔色をかえず泣かず　強い少国民にならなければ…
人形は耐えるもののお手本だった

わたしには宝物があった
海軍の叔父がドイツから送ってくれたママー人形
寝かせるとマヽーと小さな声がして瞼を伏せる
青い目金髪　可憐な衣裳のお姫様
疎開先で荷ほどきしてみるとすっかり毀れていた
裂けた顔面の睫毛の下　ガラスの眼球の仕掛けが覗いていた
人形も死ぬんだ　同じ頃叔父の乗艦が沈没したと後で知った

ある夏　英霊の社の鳥居をくぐった
生前の顔も知らない叔父に思い及んだのだった
館内には叔父の縁《よすが》は何もなかった
殺風景な空間が華やぐ一室があった　展示台には
多くの若い遺影に花嫁衣裳の人形が寄り添って並んでいた
遅ればせにも偽の花嫁の清純な美貌が魂鎮めとなったか
残された母たちのうつろは　虚事《そらごと》でも一定の象《かたど》りがほしかったのだ
幾十年を経ても　どんな悼み方も思い付かない悲しみを思った

前途

人形に翼があればいいね　人間には望めないから
メーカーさんよ空飛ぶ人形を造りなさい

ドローンなんて不細工な機器は造らず
天使のようなメッセンジャーロボットが出現したら
きっと大ヒット商品
人形師の弟子は修業に励む　人形使いの弟子も訓練する
でもあまり精巧なものは止めてね
テロリストがそれに爆弾を積む悪行を思い付く
人類は核も爆弾もテロもない別天地を目指す
偉い人々はいっそ　この星を見限って新世界を目指す
創建こそ人類の心意気　じつはもう内定している
そう遠くない隣接の星
水も空気もないから洪水も噴火もない
まず試しに使い捨ての人間を送り込み開拓義勇団とする
水も空気も必要ない人間に改造せよ
人形を見習って新アンドロイド

—勇敢な開拓男に惚れたら　あんたも付いて行きな
—いや　あたしゃ愛しい地球号に　とどまるよ
難破船とともに沈んだ昔気質の船長のようにね
人形たちよ　くれぐれも悪者どもに拉致されるな

＊

形代　人型の切り紙からこんなに進化した
人々の厄を引き受けて流れているうち
劫《こう》を経て化けたくなったのさ　人間モドキに

Ⅲ

皮の変相

若い娘だったころ　毛皮ファッションが流行した
銀狐白狐青狐貂の襟巻き　どれも高価だった
いちばん安い赤狐をやっと手に入れた
ふんわりと幸せ気分だが　ひどく獣臭いのだ
北風に晒しても香水を振りかけても死んだ狐は体臭を手放さない
でも捨てられない　箪笥の底にしまいこんだ
寒い冬ごとに取り出してみるがやはり変わらない
初老になって　また流行がぶり返した
さがし出してみる　きれいに匂いは消えて心地よい

それなのに奇妙にも私は気落ちがした
とうとうあいつを抜けがらにしてしまった

*

ある家ではカナリアを飼っていた　美しい歌声で来客を楽しませた
あるとき猟師《マタギ》から熊の毛皮が届き客間の敷き物とした
とたんにカナリアがぴたりと声を閉ざした　猛獣には　死んでなお
発散するオーラがあるのか
小鳥は別の部屋に移されたが　しばらくは声がなかった　毛皮はあ
る年　土用干しをしたまま盗まれた　もしかして山から降りてきた
仲間の熊が取り返したのだ　爪をかけて引き摺っていったとその家
の人は真顔でいうのだった

詩人ハイネ語る熊の踊り手アッタ・トロルは撃たれて敷皮になった
舞台に一羽の小鳥迷い込めば　どんな振付を見せただろう

＊

クロマニョン人の想像画は男女とも体毛がまばらである
よかったなあ　この薄毛なら毛皮として狩られる不安はなかった
ホモサピエンスの時代がきた
ある文明国で大量の人体を新資源として開発したのだそうな
毛髪は絨毯や服地に体脂肪は石鹸に　そして皮膚だって見逃さない
肌理《きめ》こまかな色白のそれは廃棄には惜しかったというのか
バッグやランプシェードに加工されたとか　乳輪のあたりも鞣して
珍しいデザインだなんて　机上に柔らかな明かりを透かされ

ハンドバッグは頬ずりしたいしなやかさ　妊婦の腹のカーヴを利用
して丸い形のバッグになったか
美肌であったころ美容クリームなどで手入れされていたとしても
極端な飢餓と虐待で　良質な素材では有り得ない　腕のよい職人も
持て余したにちがいない
薄皮一枚　体じゅうの叫びという叫びを押し包み
あるかなきかの　か細い息をも手放した瞬間の
人体臭は消えず　製品は売れなかったにちがいない

いま資料保存庫に納められている標本よ
どうかこの上は黴などに汚されず
冷え冷えとガラス瓶*に守られていてほしい

＊『アウシュヴィッツの記録』一九八五年三省堂刊

言葉変相

神語

それは　あたりを浮遊している
草花の綿毛に守られて漂う種子
手に受けたとたんに溶ける牡丹雪
衣擦れとともに　ほのめく香夢

ときに　ひよわにまつわる煤か

叩くと吸血のあかしに汚れる羽虫
吹き込んでは喉の通い路を荒らす砂塵
これらがおぼろげに流れ込む
私はおとろえた心肺をはげまし
深呼吸の練習をする
いつか押し寄せる気流に言葉ごと命を攫われぬよう
わずかな胸郭いっぱい息をたくわえる

それは神に似ているので
ひたすらに祈るが届かない
きっと神には異語があるのだ
それを人は知らず人間語で縋っているのだ

初語

黎明期の人類の一人がある日
未踏の森の奥に分け入って
甘そうな実が鈴生りの木を見つけた
喜びのあまり初めて言葉らしきものを発した
「いいもの見つけた!
　俺はいいもの見つけた!」
ただの叫びではなく舌の根をあやつって
そのとき人は言葉も見つけた

その次に続く言葉が
みんな俺のものだ　だったか
お前にも分けてやる　だったか

それによって未だに幾千年　争い続ける国がある
長く長く尾を引いて　果実も宝も領土も奪いあう
原始の人の言葉が足りなかったばかりに

反語

今夜は月が綺麗ですね　といわれたら喜ぼう
あいらぶゆう　の漱石先生流の翻訳だから
紹介されて先生の家に身の上話を聞かせにきた女人の
あまりに気の毒な来し方に先生は心うたれた
「お耳汚しのいろいろ　どうぞお忘れ下さいまし」
「良夜ですな　そこらまでお送りしましょう　停留所まで

いや　お宅まで　いっそ月の国まで」
そんな会話があってもよかったのに
戯れ言好きな先生も今聞いた哀話で胸がいっぱいだった
律儀なお人柄は日記にメモも残さなかった

今宵の月は赤かったか青ざめてか
お月様に何の不平があろう
「亡びるね」この国も　と
作中人物に予言させた
先生の百年の不在をいいことに
地球も月も開発計画が容赦なく推進中だ
外面破壊ひどいあばた面　内部収奪盗掘合戦
百十年も昔　当時「亡」の文字は反語であれと
外れ予言なるべしとの内心の願いであった筈

一ファンの勝手な想像　先生　やっぱりそうですよね

永遠という……

永遠という言葉ができたばかりに
永遠は身の置き場がなくなった

造化の主は永遠を測ろうとして途方にくれた
はじめ草木の時間を思い付いた
小さな芽生えから空を目指す草いきれ
葉脈に導管に水分をわたし　際限もなくつづく

さらに力強いのはヒト科　天を仰ぐ人いきれ
身のなかに縦横に張り巡らすおびただしい脈管
生命の暗渠をめぐって個体から個体へと
神秘の慈液を移し合い新たな生命を殖やす
一体ごとに新生を小分けして永遠までつづくか

気がつけば
私という女の息もほそくなった
地上の賑わいの詰め物にすぎないにしても
わけも知らず生まれては　生まれさせ
委細かまわず何者かの容れ物だった
気息の飛沫を預かり
無限の吐息の気配を小刻みにスプレーしてきて
もう息継ぎの詰替えも乏しい

取りあえず眠る
このまま明かりと暗みの汀にたゆたい
永遠がこぼす幽かな仮影に揺らいでいたい

＊

気がつけば
地上荒らしに追われ天上に向かうヒトが
大きな投網を打って天をかきまわす
空気も水もないところ
生も死もないところ
永遠の目抜き通りの裏に闇市が立ち
千三つ屋の幟も景気よく

法外な売り物買い物がならぶ

永遠は役に立たぬから闇屋に売ろう
永遠を前借りして何か　くすねて来よう
バケツリレーで海を掻い掘りして
沈没船幽霊船の宝物を闇市で売ろう
詰め物埋め草人間は追い出そう
たましいの乾電池
あの世の人の電話帳
嫌な記憶の消しゴム
爆裂で吹き飛んだ人体パーツの接着剤
人間用に改造した天使の翼
竹箒で砂利星をかき集め　一摑みずつ
女たちに配る　これで首飾りでも作りな

格安にて何でも申し受けます
親に殺された幼な児の撫でさすり蘇生
子いじめの親たちの上手な消去
核燃料廃棄物の永久無害核のゴミ捨て場建設
核爆弾の火消し壺製作
底の抜けた地球の修復作業
泥水埋め立て地の踏み固め工事

ただし　工期未定
アフターサービスなし

あとは永遠におまかせを　おまかせを

自動音声がくりかえし　突然　とぎれる

越境

みらいがうつくしくなくては

「この舟あげるっ　乗って逃げて」
戸を開けていきなり現れた女の子
後ろに引きずっている黒いものはボートらしい
「逃げるってどこへ」　言いかけて夢だと気付く
　小学校で仲良しだったエミちゃんだ　何十年もの昔のこと
毎日のようにエミちゃんの家であそんだ
二人で少女雑誌の続き物の運命を考えた
中学生の兄さんが冒険小説の話で私たちを怖がらせた

船倉の綿火薬の爆発　筏で漂流する少年たち　追ってくる人喰い人種

引っ越しでそれきり途絶えた古い記憶を破り
エミちゃんが夢にやってきたのは最近の新聞記事のせいだ
冬のはじめ　故国の紛争から脱出する人々の写真が私を捉えた
暗い海面に浮かぶ小型ゴムボート　幼な児をふくめて六、七人の家族の顔
闇屋に大金を払い　やっと海を渡ってきたのに接岸阻止
越境かなわず戻りもできず海上に放棄されて漂っているという
身動きもできない　子供は泣く　波が荒れたらどうしよう
差し延べる手はないのか
〈海は海をやめたくなった　何ものをも抱きとめてきたのに
どこかの異星に激突して水という水を全部そちらに空けてしまいたい〉

紙面にその後の消息は見えず　気がもめるうち

別の民族の大規模な受難が報道された
連なる国境を《戦争》が越境して来た
比喩でもイメージでもなく鋼鉄の巨大物量が隣国を撃ち壊す
人体を物体をほしいままの破壊という蕩尽
人類は損壊という快楽を堂々と手にしてしまった

私が子供のとき　空から越境する火器で多くの人々が火炙りにされた
報道は国家的秘密にされたから飢え死にと焼け死にと　どちらが苛酷かなど
考えるひまもなく都市は焼き壊された　大人になって知らされたことだ
いま瓦礫の下敷きと砲撃死　どちらも待ち伏せる
非人道回廊をたどる人々のなか　私に似た老女
実体をやめたくなったように防寒服がゆらぐ
長く掘られた塹壕状の溝　犠牲者の遺体が埋め重ねられ
そばの人影から離れて涙を流す男の子　残されて一人ぼっちか

〈地面は地面をやめたくなった　瓦礫という瓦礫を追い出し
　もとの土に無傷の静かな死に顔を抱き入れたい〉

近隣の人々の説得をきかず家から踏み出ない中年女性
「ここは私の家　辛い避難をするより一人でここで死ぬ」
周囲の木立ちは緑　春のワンピース
季節は移る　人は日常の暮らしを手放したくないのだ

鉄血冷血鉄面皮族のすすめる軍事パレード
不気味な鋼鉄類　機械的人間の一糸乱れぬ行進
こんな状景に女は苦しい　ファッションショウが見たい
気に入りの装いで好きな人と共に在れば優しい空気が遠くまで広がる
なのに男達は戦場にさらわれ帰らない　〈女は女をやめたくなった〉

だが《戦争》は戦争をやめない　やめたくないのだ
石礫や棒切れの太古から育ててきた武器兵器たち
何千年創意工夫され性能を磨かれた戦争道具
鋼鉄の怪物の夜泣きに　柔肌の人類は為す術もなくて
ねえ　霊長の人間に何の罪がありましょう

昔エミちゃんと読んだ少女小説の娘のように祈るほかない
ああ神様　神様だけはここをやめないで下さい

宇宙の巨大な熔鉱炉に兵器鉄族一切ぶちこんで下さい
いや最近発見されたブラックホール「いて座A＊《エースター》」へでも

　亡き女性詩人は言い遺された
「わたしはまもなくしんでゆくのに

みらいがうつくしくなくては　こまる！」*

＊吉原幸子「むじゅん」より

小さな人の形のもの

ここに居てもいいでしょうか
居てほしいのですよ　いのちのないものは邪魔になりません
いのちがあるばかりに産みの母に殺される子もいます
人形は愛をほしがって泣きもしません
殺される子どもよ　次に生まれ変わるなら人形になっておいで

難民の群れからはぐれた　名前も言えない幼な児
言葉もわからない外国の施設で幸いにも　お人形と出会った

人形のまねができても　お漏らしで泣くこともあるだろう
キティちゃん模様の服が小さくなる前によい大人に会えたらいいね

人形もオモチャもない国の子どもは兄妹でゴミ捨て場で食をあさる
誘拐された兄はある日　死体でそこに捨てられていた
移植用臓器を抜かれた後　ゴミとして扱われたのだ
妹たちはまたそこで食をさがす日々という

砂嵐の国　包帯のようなテープで爆弾を巻かれ
敵陣へと突進させられる子ども
少女もカラシニコフ銃兵として使える
人形より役に立つ

誤報であれ　私は毎日訂正記事を待つ　空しく

人形でさえ供養されて葬られる国もあるのに

天の神様
いちばん小さな星を一つ恵んで下さい
人形に生まれ変われない　おびただしい小さな欠片たちを
哀れな微塵なりとも　その暗い星に一片ずつ納めてほしいのです

砂粒ほどの骨屑が点すだろう幽かな燐光が
極く稀にこちらの誰かの心眼に映るかもしれないと願わしく

胎冥／未生

神が最初に女を作ったとき
縫いぐるみに皮を合わせ　返し口を残した
糸止めが不手際で　すぐほつれる
生死禍福　一つところにひっくるめた
アイロニー　ついでに奥処に潜めた
得体の知れぬ祠を

炎天を負って男がやってくる
風のまにまに流されている者は

女のなかだちで大地と折り合う
野に耳をつけて
喉を鳴らすものの声を聞く
男が呼び出した地霊の声だ
背骨をたわめ　世をくぐるように
炎天をあけこむ

死を迎えるかたちで女は愛される
排出のかたちで男は身を分ける
ああ　もともと捨てるいのちを
拾い合っているのか私たち

はるかな彼方から近づく神の代理人の手
触れている者からさえ外れて

無限空間へと女は放たれる
遠い昔宇宙のどこかで生まれた星の
最初の光が今ここに届く

未知の霊域からひたしてくる
悲しみのようなもの
あれらは虚事《そらごと》だったか
幻だったか　というのに
しだいに望みまで胎《はら》んでしまう
血とともに死児さえ

身柄を神になど返すものか
匿ってあげようあの祠に
女は大地にゆったり抱き取られるつもりだ

その　のどかさに安んじて
神の手から洩れ落ちる男の爪が
女の糸口に掛かる
野の涯をころがる男につれて
息をひそめて遠い声を待つ女

あとがき

十代半ばのころ、私は自分というものが判らなくて悩んだ。未熟ながら乱読で得た雑知識やイメージやフレーズと自分への無い物ねだりで混乱していたのだろう。仲良しの友達とも話が通じない。その孤立感は詩に親しむにつれて整理がついた。

思春期、戦後復興期の世相、美というものは何もなかった。庭は畑にされたまま、花といえば、道端のタンポポ、桜も花見どころではなく、布地も衣類もない。雑誌もカラー印刷はほとんどなく、それでも少女雑誌の巻頭の世界の名詩に一、二色の彩りが施されていた。女学生手帳というような軽カルチャー本に、なぜか白秋の『邪宗門秘曲』と、後に知ったのだが『海潮音』の大部分が掲載されていた。世界の名詩の初体験だった。これが美というもの、美なるものは詩だけ、詩に魅せられるのは快楽だった。

　これから始まった言葉いじりを職にしたいと、折りからマスコミで話題になった広告研究所を受講し、六、七年コピーライターとして生活できたのも、詩という下地のお陰である。

　詩とは何か、とよく問われるが、理論でどこまで追っても逃げられる、何億桁で追ってもついに割り残る円周率のようなものではないか。とこの頃つくづく思う。

　最近私と同年ぐらいの詩人が多く鬼籍に入られた。無常とはいえ寂しさ限りない。あの世に詩の収納場所があるだろうか、などと間抜けなことを考え、この世の自分の詩の未刊の一群が気になった。本書はこれまでのタイプと別ゆえ保留だったものに最新作を加えた。

　思えば詩という複雑、豊穣で正体不明なものにあやうく支えられて来た。妖かしと明かしの、惑い多い文芸、才も財も冴えないこの身が、詩界の知と情を併せ持つ魅力的な先達師友に出会い、薫陶をいただいた。まことに仕合わせなことであった。

生来、天邪鬼なのか統一が苦手で、いつも前作のイメージを裏切るような作品を意図してきた。結果本書の作成にはことさらにご煩労をお掛け致したようである。

担当の遠藤みどりさん始めスタッフの皆様のハイセンスな編集に厚く御礼を申し上げる次第であります。

こたきこなみ

二〇二三年初夏

初出一覧

Ⅰ

胎冥／新生　「イリプスⅢrd」3号　二〇二三年四月
閉ざされても光は生まれ出で　「幻竜」12号　二〇一二年十月
舟形光背　「幻竜」17号　二〇一三年三月
唐草光背　「幻竜」17号　二〇一三年三月
水炎光背　「詩と創造」60号　二〇〇七年夏季
鋏の旅路　「詩と思想」二〇二〇年十二月号

Ⅱ

星狩　「幻竜」7号　二〇〇八年三月
秋雨前線　「火牛」46号　二〇〇一年八月
風媒フレグランス　「幻竜」20号　二〇一四年九月

冥婚　「交野が原」91号　二〇二二年七月
ガラス瓶の放心　「幻竜」27号　二〇一八年三月
秋の声　「幻竜」30号　二〇一九年三月
氷湖の沈黙　「幻竜」30号　二〇一九年七月
縄文土器工房　「幻竜」32号　二〇二〇年九月
ひとがた彷徨　「幻竜」24号　二〇一六年九月

Ⅲ

皮の変相　「幻竜」26号　二〇一九年七月
言葉変相　「幻竜」29号　二〇一九年五月
永遠という……　「イリプスⅡnd」36号　二〇二二年三月
越境　「イリプスⅡnd」37号　二〇二二年七月
小さな人の形のもの　「イリプスⅢrd」1号　二〇二二年十月
胎冥／未生　詩集『幻野行』（一九九七年七月）より改題改稿

こたき こなみ

一九三六年十二月北海道生まれ

既刊詩集
『キッチン・スキャンダル』レアリテの会　一九八二年刊
『銀河葬礼』花神社　一九八八年刊
『幻野行』思潮社　一九九七年刊
『星の灰』書肆青樹社　二〇〇〇年刊（第34回小熊秀雄賞）
『夢化け』書肆青樹社　二〇〇六年刊（第3回更科源蔵文学賞）
『第四間氷期』土曜美術社出版販売　二〇一三年刊
『そして溶暗』思潮社　二〇一八年刊
評文集
『岩肌と人肌のあいだ』土曜美術社出版販売　二〇一五年刊（第12回詩歌句随筆評論大賞随筆部門奨励賞）

所属　詩誌「詩世紀」「地球」「舟」「同時代」「火牛」「幻竜」等を経て現在「イリプス」同人
日本現代詩人会会員、日本文藝家協会会員

ひとがた彷徨《ほうこう》

著者
こたき こなみ
発行者
小田啓之
発行所
株式会社 思潮社
〒一六二−〇八四二　東京都新宿区市谷砂土原町三−十五
電話 〇三（五八〇五）七五〇一（営業）
　　〇三（三二六七）八一四一（編集）
印刷・製本
創栄図書印刷株式会社
発行日
二〇二三年九月三十日